Junie B. Jones
et le gâteau hyper dégueu

Barbara Park
Illustrations de Denise Brunkus

Traduction originale de Nathalie Zimmermann

Éditions
SCHOLASTIC

Catalogage avant publication de Bibliothèque
et Archives Canada

Park, Barbara

Junie B. Jones et le gâteau hyper dégueu / Barbara Park;
illustrations de Denise Brunkus;
traduction originale de Nathalie Zimmermann.

Traduction de : Junie B. Jones and the Yucky Blucky Fruitcake.

Pour les 7-10 ans.

ISBN 0-439-94844-4

I. Brunkus, Denise II. Zimmermann, Nathalie III. Titre.

PZ23.P363Ju 2005   j813'.54   C2005-903542-0

Table des matières

1/ La plus meilleure!

Je m'appelle Junie B. Jones. Le B, c'est la première lettre de Béatrice. Je n'aime pas ce prénom-là, mais le B tout seul, j'aime ça!

Moi, je vais à la maternelle dans l'après-midi.

C'est mieux que d'y aller le matin parce que je peux rester longtemps dans mon lit. Et aussi regarder les dessins animés à la télévision.

Seulement, vous savez quoi? Ce matin, mon petit frère Ollie m'a réveillée beaucoup trop tôt.

Il criait pour avoir son biberon.

Ce n'est pas poli de crier. Alors je me suis dit que je devais le chicaner.

Je me suis assise dans mon lit et j'ai hurlé :

— EH! TAIS-TOI DONC, BÉBÉ BRAILLARD!

Maman a ouvert ma porte très vite.

Elle avait des yeux fâchés. Et elle m'a grondée :

— Junie B. Jones! Pourquoi cries-tu comme ça?

Je me suis cachée sous le drap et j'ai dit d'une toute petite voix :

— Je chicanais Ollie...

— *S'il te plaît*, Junie B. *Pas* aujourd'hui! a répondu maman. Il faut que papa et moi allions travailler tôt et nous avons besoin que tu sois très sage! C'est papi Miller qui va venir vous garder.

À ce moment-là, j'ai entendu la porte d'entrée.

— PAPI! C'EST PAPI MILLER!

J'ai sauté de mon lit et j'ai couru lui dire bonjour. Mais… ce n'était pas une bonne chose pour mon papi. Parce qu'il ne m'a pas vue arriver dans le couloir. Et que je lui ai frappé le ventre avec ma tête. Sans faire exprès!

Il a poussé un grand *OUMPFFF*…

Et puis il s'est plié en deux! Il a fallu que papa et maman l'aident à marcher jusqu'au canapé!

Papa a froncé les sourcils.

— Combien de fois t'ai-je dit de ne pas courir dans la maison? a-t-il demandé.

J'ai compté sur tous mes doigts.

— Mille zillions de milliards, je pense… Mais je ne suis pas sûre!

Après ça, maman m'a prise sur ses genoux. Et elle a donné à papi Miller toutes les *structions* pour me garder.

Des *structions*, c'est la liste de toutes les

choses que je n'ai pas le droit de faire.

Comme grimper sur le frigo.

Ou mettre du rouge à lèvres sur mon chien Tickle.

Ou donner une pomme de terre à Ollie pour qu'il la lèche. Même si ça n'a pas eu l'air de le déranger la dernière fois.

Après avoir expliqué toutes les *structions*, papa et maman m'ont donné un bisou.

Puis ils sont partis au travail.

Et moi, j'ai sauté très haut!

— Super! Super! Ils sont partis! On va pouvoir s'amuser tous les deux! Hein, papi? Hein?

J'ai foncé dans la cuisine et j'ai grimpé sur le frigo.

— EH! PAPI! VIENS VOIR OÙ JE SUIS!

Papi Miller est entré dans la cuisine.

— Regarde! Regarde comme je suis haute! Maintenant, je peux être le roi! Et ça, c'est mon trône! Et toi, tu es mon serviteur!

Et tu t'appelles Pinkie! Et tu dois aller me chercher toutes les choses que je veux! Et je peux te taper sur la tête avec mon épée!

Papi Miller m'a prise dans ses bras et m'a posée sur le plancher.

— Eh! Je ne t'ai pas donné la permission de faire ça, Pinkie!

— Désolé, ma puce, m'a répondu papi, mais tu as entendu les règles? Et de toute façon, il faut que je finisse de faire boire Ollie...

Et il est retourné au salon. J'ai crié :

— Eh! Papi! Tu viens de me donner une trop bonne idée! Moi aussi, je vais déjeuner. Et même que je vais préparer mon déjeuner toute seule!

Je me suis dépêchée de sortir tous les *grédients*.

Des *grédients*, c'est des choses qu'on mélange ensemble.

Comme le bol.

La cuillère.

Les céréales.

Le lait.

6

Sauf que le lait était trop lourd pour moi. Alors j'ai choisi du jus d'orange à la place.

J'ai placé mon bol de céréales sur le plancher. Puis j'ai versé le jus d'orange dedans jusqu'au bord.

J'ai pris une grosse bouchée!

— Miaaam! C'est le plus délicieux des plus délicieux déjeuners que j'ai jamais mangés! Sauf que ça ne goûte pas bien bon...

À ce moment-là, papi Miller est revenu dans la cuisine et il m'a dit qu'on ne mangeait pas par terre. J'ai répondu :

— Ouais, mais moi, je n'aime pas m'asseoir sur ma grosse chaise de cuisine. Parce que je ne suis pas assez haute pour atteindre la table, c'est pour ça! Alors maman me fait asseoir sur l'annuaire du téléphone. Et ça, ça me fait mal aux fesses!

Mon papi a regardé mon bol et il m'a demandé :

— Mais qu'est-ce que tu manges là?

— Je mange des céréales avec du jus d'orange... C'est très délicieux... Sauf que je pense que je vais vomir...

Alors papi Miller a ouvert le frigo. Pour voir s'il pouvait me trouver un meilleur déjeuner.

— Qu'est-ce que tu dirais de manger des fruits? m'a-t-il proposé.

— Oui! Youpi pour les fruits! Parce que les fruits, c'est ce que j'aime le plus beaucoup au monde!

Et j'ai demandé très, très poliment en joignant les mains :

— S'il te plaît, est-ce que je pourrais avoir des pêches et des bananes, et aussi des fraises?

Alors mon papi a tranché tous les fruits et il les a mis dans un bol. Il m'a même laissée les manger dans le salon! Devant la télévision!

Et ça, je n'ai pas le droit de le faire! Jamais! Mais on ne dira rien à maman.

Et voici une autre chose amusante qu'on a faite!

Quand mon petit frère s'est endormi, papi Miller et moi, on a joué à la Dame de pique. Et je l'ai battu cinq fois de suite!

C'est parce que, quand je tenais mes cartes, je faisais toujours dépasser celle-là. Alors papi n'arrêtait pas de la prendre!

Papi Miller, il se fait toujours avoir!

On a joué à plein d'autres jeux aussi.

À Qui-saute-le-plus-vite. À Qui-saute-le-plus-longtemps-à-cloche-pied. Et aussi au Tic-tac-toc.

Et vous savez quoi? J'ai gagné à tous ces jeux-là aussi!

Ouais! Je suis la plus meilleure du monde!

Puis j'ai couru jusqu'à ma chambre. Il fallait que je me prépare pour l'école.

D'abord, j'ai mis mon pantalon préféré, celui avec des pois.

Ensuite, j'ai trouvé mon chandail préféré,

celui avec la vache sur le devant. Il était dans le panier de linge sale. Mais il ne sentait pas trop mauvais.

Après, je me suis peignée avec mes doigts. Et je me suis brossé les dents, sauf celle qui bouge un peu.

Pour le dîner, papi m'a préparé un sandwich au fromage.

J'ai tout mangé. Puis j'ai donné un énorme bisou à papi.

Après, j'ai sautillé jusqu'à l'arrêt d'autobus. Je me sentais très contente et je chantais très fort :

— JE SUIS LA PLUS MEILLEURE! JE SUIS LA PLUS MEILLEURE GAGNEUSE!

Parce que, vous savez quoi? Gagner, c'est ce que j'aime le plus au monde!

2/ Sauter, courir, jouer!

Dans l'autobus scolaire, je m'assois avec ma meilleure amie Grace pour aller à l'école.

Grace a des cheveux noirs et bouclés. C'est mon genre de tête préféré!

Elle a aussi des souliers de course roses avec des grands pieds dedans.

Je trouve que Grace, elle est chanceuse!

— Eh! Grace! Tu sais quoi? Moi et mon papi Miller, on a joué à plein de jeux aujourd'hui! Et je l'ai battu à la Dame de pique, et à la course en sautant sur une jambe, et à la course en sautant sur deux jambes aussi, et au Tic-tac-toc! Alors, je suis la plus meilleure gagneuse du monde!

Grace a souri et elle m'a répondu :

— Moi aussi, je suis très bonne pour gagner aux jeux!

Je lui ai donné des petites tapes gentilles dans le dos.

— Oui, Grace... mais tu ne peux pas être aussi bonne que moi... Parce que je l'ai dit la première, c'est pour ça!

Alors Grace m'a fait un visage méchant. Puis elle m'a traitée d'idiote!

Je lui ai redonné des petites tapes dans le dos.

— C'est vrai, même si tu n'es pas contente!

Alors elle a sorti un papier et un crayon de son sac à dos.

Et elle a dessiné une grille de jeu de Tic-tac-toc en grognant :

— On va bien voir c'est qui la plus

meilleure gagneuse du monde!

J'ai crié :

— JE PRENDS LES X!

— JE PRENDS LES O! a crié Grace.

— JE COMMENCE!

— ET MOI, JE SUIS *DEUZIÈME*!

Puis on a commencé la partie. Très vite, j'ai crié :

— TIC-TAC-TOC! J'AI TROIS X! TU VOIS? JE TE L'AVAIS BIEN DIT!

Grace a regardé notre feuille.

— Tes X ne sont pas *en ligne*, Junie B.!

J'ai poussé un gros soupir et je lui ai répondu :

— Je *sais* qu'ils ne sont pas en ligne! C'est pour ça que j'ai dessiné une ligne un peu ronde pour les joindre!

Alors Grace a fait un bond. Et elle a hurlé :

— Tricheuse! Tricheuse! Tu triches! Tes X doivent être placés en ligne!

Puis elle a montré notre feuille à tout le

monde dans l'autobus. Et les autres enfants m'ont traitée de tricheuse aussi.

En plus, le méchant garçon qui s'appelle Jim m'a traitée de folle! Je le déteste, Jim!

Je me suis rapprochée le plus possible de la fenêtre et j'ai dit tout bas :

— J'aurais dû prendre les O!

J'étais très déçue.

Bientôt, l'autobus est arrivé dans le stationnement de mon école.

Et je me suis dépêchée de descendre.

— Eh! Junie B.! Attends! m'a crié Grace. Veux-tu qu'on sautille jusqu'aux balançoires ensemble?

Alors là, je me suis sentie bien en dedans. Parce que je suis super bonne pour sauter. Là, j'allais pouvoir l'écrabouiller!

— D'accord! On fait une course! La première qui arrive aux balançoires gagne!

J'ai pris une grande respiration et j'ai hurlé :

— ATTENTION... PRÊT... PARTEZ!

Sauf que Grace n'était pas encore sortie de l'autobus.

Mais ça, ce n'était pas ma faute.

J'ai sauté aussi vite qu'un kangourou! Je criais :

— Je vais gagner! Je vais gagner!

J'étais bien contente. Mais, juste à ce moment-là, Grace m'a dépassée!

— Bonjour, Junie-B... Au revoir, Junie B.! a-t-elle dit.

Et elle a touché les balançoires avant moi! Elle a crié :

— J'ai gagné! Je t'ai battue! *Je t'avais dit* que j'étais bonne pour gagner!

Moi, j'ai tapé du pied!

— Non, tu n'es pas bonne pour gagner! C'est seulement parce que tes pieds sont plus géants que les miens! Et puis tu as des souliers de course roses! Alors ce n'est pas juste!

Là, Grace m'a tiré la langue. Je lui ai dit :

— Ce n'est pas poli de faire des grimaces!

Puis j'ai regardé autour de moi et j'ai vu mon autre meilleure amie qui s'appelle Lucille.

J'ai couru vers elle à la vitesse de l'éclair.

— Lucille! C'est moi, Junie B. Jones! Ta meilleure amie! On ne joue pas avec Grace, hein? On va jouer toutes les deux! Toutes seules, hein? On pourrait faire une course à cloche-pied. Pour voir qui est la plus meilleure sauteuse!

Lucille a fait bouger la dentelle dans le bas de sa robe.

— D'accord. Mais je n'ai pas le droit de transpirer! Et aussi, je dois faire attention à mes ongles!

Elle me les a montrés.

— Regarde! Maman m'a mis du vernis abricot dessus. C'est beau, hein?

— Oui, oui...

J'ai répondu sans regarder.

Puis j'ai pris une grande, grande respiration et j'ai crié :

— ATTENTION... PRÊT... PARTEZ!

Et hop! Lucille et moi, on s'est mises à sauter sur un pied!

On a sauté, sauté et encore sauté!

Mais ce n'était pas aussi amusant que sauter avec papi Miller. Parce que Lucille, elle ne se fatigue pas et elle ne tombe même pas par terre.

— Regarde, Junie B.! m'a-t-elle crié avec sa voix aiguë. Regarde comme je rebondis! C'est amusant, hein?

J'ai essuyé mon front plein de sueur.

— Oui, mais ça serait encore plus amusant si tu tombais maintenant, Lucille! Parce que je viens déjà de faire la course avec Grace, moi! Je suis un peu fatiguée.

— Regarde, Junie B.! a-t-elle répété. Ma jupe remonte par-dessus ma tête quand je

saute très haut!

J'avais chaud et ma figure était toute rouge.

— Lucille... Je vois ta petite culotte...

Mais cette drôle de Lucille s'en fichait, que je voie sa petite culotte. Elle a continué de sauter.

À la fin, je me suis sentie trop fatiguée et

je suis tombée.

— Youpi! a crié Lucille. J'ai gagné! C'est moi qui saute le plus longtemps sur un pied!

À ce moment-là, on a entendu la sonnerie de l'école. Et tout le monde a couru jusqu'à ma classe numéro neuf.

Sauf moi.

J'ai marché très lentement.

Toute seule.

Madame attendait devant la classe numéro neuf.

Madame, c'est comme ça que j'appelle mon enseignante. Elle a un autre nom aussi, mais moi, j'aime dire juste « Madame ».

Elle m'a fait un sourire. Et elle m'a demandé :

— Pourquoi es-tu si triste aujourd'hui, Junie B.?

— Parce que tout le monde me bat à tous mes jeux, c'est pour ça! Alors maintenant, je ne suis plus la plus meilleure gagneuse!

Et je suis allée m'asseoir à ma place. Et j'ai posé ma tête sur la table.

Parce que, quand tu es triste, toute la joie est partie de ton corps.

3/ Tout sur la kermesse!

Madame a fait l'appel.

Ça veut dire qu'on doit crier « Présent! » quand Madame nous appelle. Mais moi, je n'avais pas envie de le faire. Alors j'ai levé à peine la main.

— Est-ce que tu te sens bien, Junie B.? m'a demandé Madame.

— Elle va très bien! a répondu Lucille. Elle est juste fâchée parce que je suis meilleure qu'elle pour sauter!

Moi, j'ai crié dans son oreille :

— OUI! MAIS ÇA, JE L'AI DÉJÀ

EXPLIQUÉ À MADAME!

Madame a tapé très fort dans ses mains. Pour moi. Et elle a dit :

— Junie B. Jones! Ça suffit maintenant!

J'ai reposé ma tête sur la table et j'ai chuchoté rien que pour moi :

— Cette journée, elle est plate...

Madame s'est levée.

— Les enfants... Puis-je avoir votre attention, s'il vous plaît? Je voudrais vous parler d'une soirée spéciale qui va avoir lieu à l'école vendredi... On appelle ça la Nuit de la kermesse! Est-ce que quelqu'un sait ce qu'est une kermesse?

— Moi! Moi! a dit le Jim que je déteste. La kermesse, c'est comme la foire où on va chaque année! Il y a plein de manèges, comme des autos tamponneuses, une grande roue et le saut de la peur!

— Oui, a dit Jamal. Et il y a une place où tu peux tirer sur des faux canards!

— Et on mange de la barbe à papa qui donne des caries parce que ça fait des gros trous noirs dans l'émail protecteur des dents! a dit le garçon que j'aime, qui s'appelle Ricardo.

Je pense bien que la mère de Ricardo est dentiste.

Après ça, William, celui qui pleure souvent, s'est levé, tout gêné. Et il a raconté qu'un jour il était monté dans les montagnes russes. Et qu'il n'avait presque pas pleuré. Sauf que, sans faire exprès, il avait vomi son hot-dog à la sauce chili.

Alors Paulie Allen Puffer a parlé de tout ce qu'il avait vomi à la foire.

Une pomme glacée.

Du pop-corn au caramel.

Et un élastique.

Sauf qu'un élastique, ce n'est pas de la nourriture. C'est une chose qu'on utilise dans un bureau.

J'ai levé la main et j'ai dit :

— Dans les foires, des fois, on se fait voler! Un jour, mon papa a essayé plein de fois de renverser trois bouteilles avec une balle. Mais, même quand il les touchait, elles ne tombaient pas! Alors, maman et lui, ils ont appelé la police! Et aussi les personnes des nouvelles à la télévision!

Madame a éclaté de rire.

— Oui... mais ce n'est pas drôle! ai-je grogné.

Madame a perdu son sourire d'un coup.

— Non, tu as raison... Ce n'est pas très drôle, a-t-elle admis. Je te promets que ça n'arrivera pas à notre kermesse, Junie B.! Ce sont les parents et les enseignants qui vont s'occuper des jeux. Et il y aura des centaines de prix à gagner!

Là, je me suis assise un peu plus droite.

— Des centaines?

— Des centaines! a répété Madame.

— Oui... mais moi, je ne sais même pas ce qu'il faut faire pour les gagner!

Alors Madame a pris un papier qui expliquait tous les jeux de la kermesse.

— Voyons ce qui est écrit là... a-t-elle dit. Il va y avoir... une pêche à la ligne, un lancer de pièces... le golf à un trou... le jeu des pinces à linge dans la bouteille, un panier de basketball... une tente gonflable « On a marché sur la Lune »... un lancer d'anneaux et un stand où on pourra lancer des éponges mouillées à la tête de notre directeur!

Toute la classe a ri. Parce que lancer des éponges sur le directeur, c'est comme un rêve qui arrive pour de vrai. C'est pour ça.

Madame a continué de lire :

— C'est écrit aussi que Mme Hall, l'enseignante d'arts plastiques, va faire des maquillages dans sa salle de dessin. Et que, dans notre classe numéro neuf, il y aura la Route des Gâteaux!

J'ai sauté de ma chaise.

— Eh! Vous savez quoi? Marcher sur une
route de gâteaux, c'est ce que j'aime le plus

au monde! Un jour, pendant un pique-nique,
j'ai marché nu-pieds sur le petit gâteau à la
crème de mon papi! Toute la crème me

passait entre les orteils!

— NOUNOUNE! m'a crié le Jim que je déteste. LA ROUTE DES GÂTEAUX, ÇA NE VEUT PAS DIRE QU'ON *MARCHE* SUR DES GÂTEAUX! C'EST UN JEU POUR *GAGNER* DES GÂTEAUX! HEIN, MADAME?

Jim, c'est une vraie peste!

Madame l'a regardé en plissant les yeux.

— Oui, Jim… Mais on ne traite pas les gens de nounoune ou d'autre chose! Ce n'est pas poli! Et si tu veux dire quelque chose, j'apprécierais beaucoup que tu lèves poliment la main!

Alors moi, j'ai crié :

— COMME MOI, HEIN, MADAME? PARCE QUE J'AI LEVÉ LA MAIN SUPER POLIMENT POUR DIRE QUE, DANS LES FOIRES, DES FOIS, ON SE FAIT VOLER! VOUS N'AVEZ PAS OUBLIÉ QUE J'AI DIT ÇA, HEIN?

Là, plein d'enfants ont crié qu'eux aussi, ils étaient très polis.

Alors j'ai été obligée de monter sur ma chaise pour que Madame m'entende bien.

— OUI! MAIS ILS NE PEUVENT PAS ÊTRE AUSSI POLIS QUE MOI! PARCE QUE JE L'AI DIT LA PREMIÈRE, HEIN, MADAME, HEIN?

Madame s'est frotté la tête très longtemps.

Puis elle a pris de l'aspirine.

4/De l'entraînement!

Après l'école, j'ai couru de l'arrêt d'autobus jusqu'à la maison. Je savais que mamie Miller était là parce qu'elle me garde l'après-midi. Je voulais lui parler de la Nuit de la Kermesse!

— EH! MAMIE MILLER! C'EST MOI! C'EST JUNIE B. JONES! TA PETITE-FILLE! J'AI DES NOUVELLES TRÈS IMPORTANTES POUR TOI! IL VA Y AVOIR UNE KERMESSE À L'ÉCOLE! ET JE POURRAI GAGNER DES CENTAINES DE CADEAUX!

Mamie Miller est sortie très vite de la chambre de Bébé Ollie. Elle m'a regardée avec un air fâché.

— Chuuuut, Junie B.! Pas si fort! Je viens de coucher le bébé!

Mes épaules se sont baissées d'un coup.

— Oui, mais moi, je suis tout excitée en dedans, Helen!

Alors mamie a souri un petit peu.

Elle m'a embrassée.

Et elle m'a dit de ne pas l'appeler Helen.

— Ouiiiii... mais je ne t'ai même pas dit le mieux! Madame m'a lu tous les jeux qu'il va y avoir! Comme ça, moi, je peux m'entraîner à la maison! Et je serai la plus meilleure gagneuse de tout!

Puis, très vite, je suis allée chercher des pinces à linge dans la pièce que maman appelle la buanderie. J'ai crié à mamie :

— C'est pour le jeu des pinces à linge dans une bouteille! Sauf que je n'arrive pas à trouver de bouteille dans toute la buanderie! Tant pis! Je vais prendre un seau! Comme ça, je pourrai m'exercer.

J'ai enlevé le balai-éponge qui séchait dans le seau et j'ai lâché toutes les pinces à linge en plein dedans!

— Eh! mamie! J'ai réussi! J'ai mis toutes les pinces dans le grand seau! Pas une seule à côté! Je suis trop bonne à ce jeu-là!

J'ai couru voir ma grand-mère et je lui ai demandé :

— Maintenant, il faut que tu me donnes des sous pour que je m'entraîne à les lancer!

Alors, mamie Miller m'a donné toute sa monnaie et j'ai couru jusqu'à la buanderie et j'ai jeté tous les sous dans le seau!

Ensuite, j'ai fait une autre chose amusante. Quand maman est revenue à la maison, elle m'a montré comment me servir d'un vrai bâton de golf pour envoyer la balle dans le trou.

Mais elle a dit :

— *Non! Pas de balle de golf dans la maison*, Junie B.!

Alors j'ai pris un pamplemousse. Et un petit pain.

Et vous savez quoi? Au souper, je n'ai même pas grogné pour m'asseoir sur l'annuaire. Parce que tout allait tellement bien, c'est pour ça!

Après le souper, papa et maman ont lavé la vaisselle ensemble.

Ils ne faisaient même pas attention à moi.

Comme ça, j'ai pu aller dans la salle de bain pour m'entraîner à un autre jeu.

Le jeu de « Jeter des éponges à la tête du directeur »!

D'abord, j'ai sorti une éponge du placard sous le lavabo.

Ensuite, je l'ai vraiment bien gonflée d'eau.

— Attention... Prêt... Feu!

Et je l'ai lancée de toutes mes forces!

Elle est tombée dans la cuvette de la toilette! J'étais tout excitée.

— EN PLEIN DANS LE MILLE!

C'est comme ça qu'on dit.

Mais là, quelqu'un a frappé à la porte.

— Junie B.? a dit la voix de maman. Qu'est-ce que tu fais dans la salle de bain? Ouvre la porte!

Oh! oh!

J'allais avoir de gros ennuis, je pense.

Mon cœur battait très fort. Parce que je n'ai pas le droit de jouer là, c'est pour ça.

Alors, vite, j'ai tiré la chasse d'eau.

Mais ce n'était pas une bonne idée, parce que cette stupide d'éponge est restée coincée dans le trou.

Et que l'eau a commencé à monter.

À monter beaucoup...

Ensuite, l'eau est passée par-dessus le bord de la toilette!

Maman a tapé plus fort sur la porte.

— Junie B.! JE T'AI DIT D'OUVRIR LA PORTE!

J'ai avalé ma salive et j'ai expliqué d'une petite voix :

— Oui… mais c'est un peu mouillé ici, en ce moment…

Maman a ouvert la porte avec la clé.

J'ai fait un beau sourire et j'ai dit :

— Euh… Bonjour! Comment ça va, aujourd'hui?

Maman a hurlé :

— ROBERT!

Robert, c'est le nom de mon papa.

Il est arrivé en courant. J'ai dit :

— Euh… Bonsoir…

J'ai essayé de sortir sans me faire trop remarquer. Mais maman m'a retenue par mon chandail. Alors, même si je continuais de marcher, je n'avançais pas.

Maman m'a obligée à les aider à tout nettoyer.

Après ça, elle m'a obligée aussi à prendre un bain. Je ne sais pas pourquoi. Je m'étais déjà beaucoup mouillée avec l'eau de la toilette.

Après mon bain, maman m'a mise au lit. Là, on a eu une petite conversation.

— Écoute, Junie-B., m'a-t-elle dit. Papa et moi, on sait que tu es très énervée à cause de la kermesse. Et on sait aussi que ça t'amuse de t'entraîner à tous ces jeux. Mais tu penses beaucoup trop à gagner. Personne ne peut gagner *tout le temps*. Tu es d'accord?

— D'accord.

— Et puis, tu sais… Ce qui est amusant, dans une kermesse d'école, ce n'est pas de gagner ou de perdre, c'est de jouer, tout simplement! Tu es d'accord?

— D'accord.

— Alors, vendredi soir, on va aller à la kermesse! Et on va bien s'amuser! Et on ne sera pas fâchés si on ne gagne rien! D'accord?

— D'accord!

Maman m'a donné un bisou et m'a dit :

— À demain matin, ma chouette!

— D'accord!

Quand elle a fermé la porte, j'ai attendu de ne plus entendre le bruit de ses souliers. Alors j'ai vite sorti ma lampe de poche de sous mon oreiller.

Et j'ai éclairé les choses de ma chambre.

D'abord, j'ai éclairé ma commode.

Après, j'ai éclairé mon coffre à jouets.

Après, j'ai éclairé l'étagère toute neuve que papa m'a fabriquée.

Et puis j'ai souri, et j'ai souri encore plus.

J'ai dit tout bas, rien que pour moi :

— *C'est là*! C'est là que je vais les mettre! Oui, c'est là que je vais mettre ma centaine de prix!

5 / Les stupides de jeux!

La Nuit de la kermesse, c'était le vendredi, après le souper.

Papa nous a emmenées en auto, maman et moi. Mais pas Bébé Ollie. Parce qu'il est trop tannant, c'est pour ça.

Quand on est arrivés à l'école, j'ai défait ma ceinture de sécurité et j'ai regardé par la vitre.

— Eh! Regardez toutes les lumières, dans le terrain de jeux! On dirait que c'est une foire, hein?

J'ai regardé encore.

— Et vous savez quoi? Il y a des clowns là-bas! Mais vous ne les laisserez pas s'approcher de moi, hein? Je n'aime pas ça, moi, les clowns!

Puis j'ai hurlé :

— HÉ! C'EST LUCILLE! C'EST MA MEILLEURE AMIE QUI S'APPELLE LUCILLE!

Je me suis dépêchée de sortir de l'auto.

— LUCILLE! C'est moi! Junie B. Jones! J'arrive!

Lucille et moi, on a couru pour se retrouver.

Lucille avait des petits cœurs rouges dessinés partout sur la figure.

— Regarde comme je suis belle! m'a-t-elle dit. C'est Mme Hall, l'enseignante d'arts plastiques, qui m'a maquillée!

Elle a fait comme si elle allait me donner un bec.

— Vois-tu mes lèvres? Ma grand-mère

m'a mis du rouge à lèvres pour que ça fasse beau avec mes cœurs!

Les lèvres de Lucille étaient super brillantes. J'ai voulu toucher celle du bas. Mais elle a dit :

— Arrête! Tu vas tout effacer!

À ce moment-là, papa et maman sont arrivés à côté de moi.

Papa avait acheté des billets pour tous les jeux. Il m'a demandé :

— Tu es prête à commencer?

— Oui! Parce que, la kermesse, je l'ai attendue toute ma vie, moi!

Alors j'ai couru, couru jusqu'à ce que je trouve le jeu que j'aime le plus au monde : le golf à un trou!

Il y avait un long tapis vert. À l'autre bout, il y avait un trou avec un petit drapeau. Et il y avait un monsieur avec des bâtons de golf.

Je suis allée le voir tout de suite.

— Vous savez quoi? Je vais gagner un prix à ce jeu-là, moi! Parce que je me suis entraînée à mettre la balle dans le trou très, très souvent!

— Tant mieux pour toi! m'a répondu le monsieur.

Puis il m'a donné un bâton. Et il a posé une toute petite balle blanche devant moi.

C'était la balle la plus petite que j'avais jamais vue.

Je l'ai regardée très longtemps.

Puis j'ai tapé sur le bras du monsieur :

— D'habitude, moi, je frappe sur un pamplemousse!

Le monsieur a froncé les sourcils.

— Dépêche-toi! Il y a d'autres enfants qui attendent!

— Oui... mais je le fais aussi avec un petit pain!

— Veux-tu frapper la balle, s'il te plaît? a-t-il grogné.

C'est pour ça que je suis devenue tout énervée en dedans. J'ai levé le bâton très haut et j'ai frappé la petite balle de toutes mes forces.

Elle a décollé du tapis vert.

Puis elle a volé dans les airs.

Et puis elle a rebondi et rebondi.

Et j'ai entendu des gens crier : « Aïe! » « Ouille! »

Alors j'ai redonné le bâton au monsieur tout de suite. Puis papa, maman et moi, on est partis très vite.

Maman n'avait pas l'air très contente.

— On devrait peut-être lui faire essayer un jeu où elle ne pourra tuer personne? a-t-elle dit à papa.

— EH! JE CONNAIS UN JEU OÙ JE NE PEUX TUER PERSONNE! ÇA S'APPELLE LES PINCES À LINGE DANS LA BOUTEILLE!

Et j'ai couru partout jusqu'à ce que je le trouve. J'ai dit à la madame qui s'occupait du jeu :

— Des pinces à linge, s'il vous plaît!

Elle m'en a tendu cinq. Puis elle m'a donné toutes les *structions* :

— Tu tiens les pinces au niveau de ta taille et tu les laisses tomber, une par une, dans cette bouteille de lait!

Elle a mis la bouteille vide à mes pieds. Il y avait un tout petit trou en haut de la bouteille. C'est par là que le lait sort.

— Si tu parviens à faire tomber deux pinces à linge dans la bouteille... tu gagnes un prix! a dit la madame.

J'ai examiné le petit trou.

— Pourquoi le trou est si petit?

— Je ne sais pas! m'a-t-elle répondu. Mais vas-y! Commence!

Je me suis gratté la tête.

— Oui mais... je ne sais même pas

comment les vaches font pour faire couler
leur lait dans un petit trou comme ça!

La madame a tapé du pied.

— Il y a d'autres enfants qui attendent!
a-t-elle grondé.

Je l'ai regardée. Et puis, j'ai demandé :

— Ça irait mieux avec un seau. Vous avez
déjà pensé à ça?

— Joue! a grogné la madame.

C'est pour ça que je suis devenue encore
tout énervée en dedans. Je me suis dépêchée
de laisser tomber les pinces dans le petit
trou. Mais elles sont toutes tombées par
terre.

J'ai senti des larmes dans mes yeux.

— Vous voyez bien! Je vous l'avais bien
dit que le stupide de trou était trop petit!

Juste à ce moment-là, un clown m'a vue
toute triste. Il m'a fait un grand sourire.

Je me suis cachée derrière la jupe de
maman.

— Je ne veux pas qu'il vienne ici, maman!

Mais le clown s'est approché quand même. Et il a mis sa grosse figure blanche près de la mienne.

Il avait des grandes dents jaunes. Je lui ai crié :

— FICHE LE CAMP, LE CLOWN!

Alors, papa a fermé les yeux. Et maman a dit quelque chose comme *sapisti*.

Après ça, maman et moi, on a eu une petite conversation. C'était pour dire qu'il ne faut pas crier « fiche le camp » aux clowns.

Mais moi, je ne l'avais jamais entendue, cette règle-là.

Mon nez a commencé à couler. J'étais triste.

— Ce n'est pas amusant, la Nuit de la kermesse…

Alors papa m'a acheté un cornet de crème glacée. Et maman, elle, m'a acheté un ballon rouge.

Mais ce n'était pas une bonne idée. Parce que, quand j'ai voulu attraper la ficelle que maman me tendait, ma crème glacée est tombée par terre. La ficelle m'a glissé des doigts et mon ballon s'est envolé.

J'ai penché la tête en arrière et je l'ai regardé monter dans le ciel.

Puis là, il y a eu encore plus de larmes dans mes yeux.

Et j'ai dit :

— Crotte!

6/ En plein dans le mille!

La kermesse était la fête la plus stupide de toute ma vie.

Parce que je n'arrêtais pas de perdre à tous les jeux, c'est pour ça.

J'ai perdu au lancer des sous.

J'ai perdu au jeu des anneaux.

Et j'ai aussi perdu à la stupide de pêche à la ligne. Sauf que tout ce qu'il y avait à faire, c'était de mettre sa canne à pêche au-dessus de la table. Et quelqu'un accrochait un jouet au bout. Mais moi, j'ai eu un stupide de peigne au bout de ma ligne, et c'est tout!

— Eh! Pourquoi j'ai un prix stupide comme ça, moi? Un stupide de peigne, ce n'est même pas un jouet!

Papa m'a assise sur un banc.

On a eu une autre petite conversation, lui et moi. Il fallait que j'arrête de répéter le mot « stupide ». Et aussi que je devrais *précier* mon peigne.

Là, j'ai entendu quelqu'un hurler :

— JUNIE B. JONES! JE T'AI CHERCHÉE PARTOUT!

Je me suis retournée.

C'était mon autre meilleure amie qui s'appelle Grace! Elle tenait plein de choses dans ses mains!

— Regarde, Junie B.! Regarde tous les prix que j'ai gagnés! J'ai gagné une voiture en plastique toute brillante! Des belles barrettes! Une sucette rouge! Deux coccinelles en caoutchouc et une gomme à effacer qui ressemble à un hot-dog! Vois-tu toutes mes belles choses?

— Oui et après?

Grace a froncé les sourcils.

— Pourquoi tu me parles comme ça, Junie B.? Pourquoi tu es grognonne avec moi? Et pourquoi tu restes assise sur un banc?

J'ai soupiré très fort.

— Je suis en train de *précier* mon peigne, c'est pour ça! Tu ne le vois pas?

Papa m'a prise par la main et m'a emmenée plus loin. Et il m'a dit que je ferais mieux de me calmer, « mademoiselle », sinon on allait rentrer tout de suite.

Maman a demandé à papa de ne pas se mettre en colère.

— Il nous reste trois billets! a-t-elle ajouté. On va respirer bien à fond et repartir à zéro! Qu'est-ce que tu en penses, Junie B.? Tu veux essayer le lancer d'éponges? Ça a l'air amusant, non?

Puis maman m'a prise par la main. Et on est parties à la recherche des éponges. Papa, lui, a continué de respirer bien à fond.

Les éponges étaient au beau milieu de la cour de récréation.

Le directeur était là.

Il était debout, derrière une planche où quelqu'un avait peint un grand costume de clown. Mais à la place de la figure du clown, il y avait un trou rond. Le directeur avait mis sa tête dans le trou!

Il avait la figure et les cheveux tout dégoulinants! Parce que les enfants n'arrêtaient pas de lui lancer des éponges trempées dessus, c'est pour ça!

Ça avait l'air d'être le jeu le plus drôle que j'avais jamais vu!

Je me suis dépêchée de faire la queue.

Sauf que là, il s'est passé quelque chose d'affreux. Jim-la-peste est venu se placer juste derrière moi.

— Bouh! a-t-il crié.

— Je n'ai même pas eu peur!

— Oui, tu as eu peur!

— Non!

— Oui! De toute façon, tu ne devrais pas être là! Parce que les filles ne peuvent pas lancer les éponges aussi bien que les garçons!

Là, j'ai dit :

— Bien, voyons! C'est sûr qu'elles peuvent lancer! Et même que je me suis entraînée chez nous! J'en ai lancé une en plein dans le mille! Dans l'eau de la toilette!

Jim-la-peste a éclaté de rire.

— BEURK! OUACHE ! A-T-IL HURLÉ. JUNIE B. JONES JOUE DANS L'EAU DE LA TOILETTE!

Alors tous les autres enfants ont commencé à rire.

Puis la madame des éponges m'a tapée sur le bras et m'a donné deux éponges trempées.

— C'est à ton tour! m'a-t-elle dit.

Mais moi, je restais là sans bouger parce que tous ces enfants méchants n'arrêtaient pas de rire de moi. Je lui ai dit :

— Vous savez quoi? Je ne suis pas sûre de pouvoir les lancer, maintenant! Parce que ces rires-là, ça m'enlève toute ma force en dedans!

— Désolée, ma petite! m'a répondu la madame. Soit tu lances tes éponges, soit tu sors de la queue!

Alors j'ai pris une grande respiration. J'ai visé la tête chauve du directeur. Et j'ai lancé la première éponge de toutes mes forces!

— TU L'AS RATÉÉÉÉ! RATÉ! AH! AH! AH! a hurlé Jim-la-peste.

Là, j'en avais assez.

Je me suis retournée très vite.

Et j'ai lancé mon autre éponge sur sa figure.

Il l'a reçue sur le nez! J'ai crié :

— EN PLEIN DANS LE MILLE!

Puis je me suis sauvée aussi vite que j'ai pu. Parce que j'allais avoir de gros ennuis, c'est pour ça.

— Junie B. Jones! a crié maman.

— Junie B. Jones! a crié papa.

Alors j'ai couru jusqu'à ce que je voie la tente gonflable de « On a marché sur la Lune ».

Je me suis dépêchée d'entrer dedans. Puis j'ai jeté mes souliers dehors. Parce que les souliers sont défendus à l'intérieur.

La tente « On a marché sur la Lune », c'est comme une grosse maison soufflée. On peut sauter très haut et très loin, là-dedans!

J'ai sauté et sauté encore, jusqu'à ce que la sueur coule sur ma tête. Je rebondissais comme une balle.

— Ce sont les sauts les plus rigolos que j'ai jamais vus!

Sauf que la madame de la tente a soufflé dans son sifflet.

— C'est fini! m'a-t-elle crié.

J'ai jeté un petit coup d'œil par la porte. Papa et maman m'attendaient.

Ils ne souriaient pas. J'ai dit à la madame :

— Je crois bien que je vais rester ici...

Mais papa est venu. Et il m'a prise dans ses bras pour me sortir.

J'ai fait un très gentil sourire à mes parents. Et je leur ai dit :

— Allô! Comment ça va, aujourd'hui?

Mais ils ne m'ont pas répondu. Papa m'a ramenée jusqu'à Jim.

Et il m'a obligée à lui faire des *scuses*. Et même à sa mère.

— Je m'excuse... Je m'excuse... d'avoir lancé une éponge sur la tête de votre méchant garçon!

Les yeux de papa ont roulé très haut. Puis il m'a ramenée à la tente gonflable.

— Mets tes souliers! m'a-t-il ordonné. On rentre à la maison!

— Oui... mais je commençais seulement à m'amuser, moi!... Et puis, on n'est même pas allés voir la Route des Gâteaux. C'est dans ma classe numéro neuf!

— Je t'ai dit de mettre tes souliers! a répété papa, très fâché.

Alors je suis allée jusqu'au tas de souliers et j'en ai retrouvé un. Mais pas l'autre.

J'ai tapé sur le bras de la madame de la tente.

— Est-ce que vous pouvez m'aider à trouver mon autre soulier? Il est comme celui-là. Il est brillant et noir avec une lanière qui passe dans une boucle. Et quand je marche avec les deux, ils font un petit bruit. Un genre de cruic-cruic!

Alors la madame, papa, maman et moi, on a cherché mon autre soulier. Mais on ne l'a pas trouvé.

— Oh zut! Je vais avoir mal au pied...

Et j'ai commencé à pleurer un petit peu.

Alors papa m'a caressé les cheveux. Et il m'a dit :

— Ne t'inquiète pas... Va avec maman à la Route des Gâteaux. Moi, je vais rester ici pour chercher ton soulier!

Alors maman m'a pris la main.

Et, toutes les deux, on est parties vers ma classe numéro neuf.

Avec juste un petit cruic quand je marchais.

7/ J'ai gagné!!!

Ça avait l'air très amusant dans ma classe numéro neuf. Il y avait de la musique et des enfants qui marchaient en rond.

Ils marchaient sur des grands carrés en papier avec des numéros dessus.

— C'est la Route des Gâteaux! m'a expliqué maman. Tu marches en rond jusqu'à ce que la madame arrête la musique. À ce moment-là, elle tire un numéro d'un chapeau. Et si tu es sur le carré qui porte le même numéro, tu gagnes un gâteau!

Maman a montré la table avec des

gâteaux dessus.

— Regarde! Tu vas pouvoir choisir un de ces délicieux gâteaux!

J'ai bien regardé tous les délicieux gâteaux. Et ça m'a fait venir l'eau à la bouche! Il y en a même un peu qui est tombé sur mon chandail.

Tout à coup, la musique s'est arrêtée! Et tous les enfants se sont arrêtés aussi!

La madame des gâteaux a plongé la main dans un chapeau. Et elle a tiré un numéro.

— Numéro cinq! a-t-elle annoncé.

— EH! C'EST MOI! JE SUIS SUR LE NUMÉRO CINQ! a hurlé un garçon aux cheveux roux.

Puis il a couru jusqu'à la table des gâteaux et il en a choisi un gros au chocolat.

J'ai dit à maman :

— Miam! C'est le jeu le plus délicieux que j'ai jamais vu!

J'ai vite donné mon billet à la madame.

— Vous savez quoi? C'est ma dernière de dernière chance de remporter un prix! Sauf que j'ai déjà gagné un peigne... Et aussi que j'ai lancé une éponge sur un garçon que je déteste... Et que j'ai sauté jusqu'à ce que j'aie plein de sueur sur la tête. Mais je ne trouve plus mon soulier qui fait cruic! Et c'est pour ça que j'ai un pied sans soulier!

La madame m'a regardée avec un air bizarre. Et elle m'a dit :

— Oui... Bon... Euh... Bonne chance à toi!

Comme je suis polie, j'ai répondu :

— Bonne chance à vous aussi!

Et puis, j'ai foncé vers les carrés avec des numéros dessus.

— JE SUIS PRÊTE! ALLEZ-Y!

Mais la madame des gâteaux a expliqué qu'elle attendait que d'autres enfants arrivent.

Ça a duré longtemps. Très longtemps.

C'est pour ça que j'ai eu des fourmis dans les jambes.

J'ai soufflé et j'ai soupiré.

Puis j'ai croisé les bras.

Puis j'ai tapé très vite du pied. Et j'ai crié :

— EH! ÇA PREND TROP DE TEMPS!

Finalement, la madame des gâteaux a tapé dans ses mains.

— Bon! Les enfants, je vais faire partir la musique, maintenant... Je voudrais que vous marchiez en rond, bien sagement. Et dès que la musique s'arrête, vous vous arrêtez aussi!

Ensuite, elle a mis la musique un peu trop fort, à mon goût.

J'ai fait une très belle marche. Avec les pieds et les genoux qui remontaient bien haut.

Et tout à coup, la musique s'est arrêtée! Tous les enfants se sont arrêtés aussi!

La madame des gâteaux a plongé la main dans son chapeau.

— Numéro trois! a-t-elle annoncé.

J'ai regardé le numéro de mon carré.

— C'EST MOI! C'EST MOI! REGARDEZ! JE SUIS SUR LE NUMÉRO TROIS! JE PENSE QUE J'AI GAGNÉ!

Maman a applaudi.

— Mais oui! C'est toi! *Tu as gagné!* a-t-elle crié aussi.

Elle avait l'air soulagée.

— Va choisir un gâteau, Junie B.! Celui que tu veux! m'a-t-elle dit.

J'ai couru jusqu'à la table et j'ai regardé toutes les belles pâtisseries.

Il y avait des gâteaux au chocolat, à l'orange, au citron. Il y en avait un tout blanc. Et un à la noix de coco, et des petits gâteaux, des beignes, des carrés au chocolat...

Mais il y avait aussi un gâteau mystère enveloppé dans du papier *luminum*! J'ai demandé à la madame :

— C'est quelle sorte de gâteau, ça?

Elle a fait une grimace.

— Oh! Je ne pense pas que tu l'aimerais. C'est un gâteau aux fruits...

Je lui ai fait un très grand sourire.

— Youpi! Youpi pour le gâteau aux fruits! Parce que les fruits, c'est ça que j'aime le plus au monde! Alors, c'est celui-là que je choisis!

Maman a secoué la tête.

— Non, non, Junie B.! Ce n'est pas le genre de fruits auxquels tu penses! Ceux-là, tu ne vas pas les aimer...

Mon sourire est parti.

— Mais... ce n'est pas juste! Parce que tu as dit que je pouvais choisir le gâteau que je voulais. Et moi, j'ai choisi le gâteau aux fruits! Et là, tu dis que je ne peux pas le prendre!

Maman a levé les yeux au plafond.

— Bon, d'accord... a-t-elle grogné. Prends-le, Junie-B...

Et elle s'est approchée de la table pour le soulever. Moi, j'ai crié :

— NOOOON! MOI! MOI! JE VEUX LE PORTER MOI-MÊME!

— C'est lourd! a prévenu maman.

— Oui mais, moi, j'ai des gros muscles dans les bras!

Et j'ai plié mon bras pour lui montrer.

— Vois-tu la boule de muscle? Je suis forte comme ça!

Alors maman a posé le gâteau sur mes bras.

Et paf! il est tombé par terre!

— Eh là! Je n'ai jamais porté de fruits aussi lourds, moi!

— Alors, est-ce que tu veux que je le porte? a demandé maman.

— Non! Parce que je viens juste d'avoir une idée super dans ma tête!

J'ai laissé mon gâteau très lourd par terre. Et je l'ai traîné moi-même jusqu'à la porte de ma classe numéro neuf!

8/ Mon gâteau à moi...

J'ai traîné mon gâteau tout le long du couloir. Maman marchait juste derrière moi. Elle avait l'air embêté. Alors, je lui ai demandé :

— Tu veux le traîner un peu aussi? Tu veux traîner mon gâteau aux fruits?

Maman a dit :

— *Je m'en passerai.*

Alors, je l'ai traîné toute seule jusqu'à la tente gonflable de « On a marché sur la Lune ».

Et vous savez quoi?

Papa nous attendait avec mon deuxième soulier! Il était coincé sous la grande tente et on ne l'avait même pas vu!

J'ai mis mon pied dedans.

— Youpi! Et maintenant, tout est bien qui finit bien! Parce que j'ai mes souliers qui font cruic-cruic quand je marche! Et que j'ai un délicieux gâteau aux fruits! Regarde, papa! Regarde le gâteau que j'ai gagné!

Papa a bien regardé mon gâteau dans son papier tout brillant.

Puis il a regardé maman.

Et il a secoué la tête très lentement.

— Non... a-t-il chuchoté. Ne me dis pas...

Maman se balançait d'avant en arrière sur ses pieds.

— Oui... a-t-elle soufflé.

Papa a fermé les yeux.

— Tu veux dire qu'elle a choisi...?

— Un gâteau aux fruits, a complété maman.

J'ai sauté très haut en l'air.

— Youpi! Un gâteau aux fruits! Et maintenant, je veux voir de quoi il a l'air! Mais je ne peux même pas le soulever!

Papa a ramassé le gâteau et l'a posé sur une table.

J'ai enlevé un peu du papier *luminum*.

Et j'ai vu une drôle de chose.

C'était brun et lisse. Avec du brillant sur le dessus. J'ai dit d'une petite voix :

— Il est pourri.

Maman a fait un petit sourire.

— Non, il n'est pas pourri, Junie B. Tous les gâteaux aux fruits ressemblent à ça.

J'ai regardé de plus près.

— Oui, mais je ne vois pas de fruits dedans.

Papa en a détaché un morceau pour que je puisse voir. Il m'a montré un petit bout vert tout dur. Et un petit bout jaune tout dur. Et des petites choses rouges toutes dures. Et il a dit que c'était ça, les fruits.

J'ai posé ma langue sur un bout vert.

— Beurk! Ouache!

À ce moment-là, j'ai entendu une voix derrière moi.

— JUNIE B.! REGARDE CE QUE J'AI GAGNÉ À LA ROUTE DES GÂTEAUX!

Je me suis retournée. C'était ma meilleure amie qui s'appelle Lucille. Elle arrivait en courant avec une boîte de petits gâteaux tout gonflés. Dessus, il y avait du glaçage blanc et des petits bonbons de toutes les couleurs.

— Regarde, Junie B.! Ça a l'air bon, hein? s'est écriée Lucille.

— Ouais... et puis après?

Lucille a jeté un coup d'œil sur la table pour voir mon gâteau.

— Qu'est-ce que c'est? m'a-t-elle demandé. Est-ce que tu as gagné un gâteau aussi? Est-ce que je peux le voir, s'il te plaît?

J'ai bondi pour me mettre devant.

— Non! Tu ne peux pas le voir!

Mais Lucille s'est haussée sur la pointe des pieds. Puis elle a regardé par-dessus mon épaule.

Elle a fait une énorme grimace.

— Oh! a-t-elle dit. Mais qu'est-ce qu'il lui est arrivé?

— Rien... il est juste comme ça, c'est tout!

Très vite, j'ai remis le papier *luminum* dessus.

Ensuite, je suis montée sur le banc de la table. J'ai fait grossir mes muscles. Et j'ai soulevé mon gâteau bien haut dans les airs. J'étais tout essoufflée.

— Et ça pourrait te tuer si ça te tombait sur la tête, Lucille!

Ma meilleure amie est allée rejoindre sa grand-mère en courant.

Après ça, moi, je suis descendue du banc. Et j'ai traîné mon gâteau aux fruits jusqu'à l'auto.

Papa m'a ouvert la portière.

— Monte, m'a-t-il dit. Je vais poser ton gâteau sur tes genoux.

— Oui… mais ça va peut-être m'écraser les cuisses et me les aplatir.

Alors papa a placé mon gâteau sur la banquette, à côté de moi.

Je suis montée dessus et j'ai attaché ma ceinture.

— Eh! Je peux voir par la vitre quand je

suis assise dessus! Et il ne s'écrase même pas!

Alors papa a fait une rime :

— Un gâteau aux fruits, c'est un siège
pour la vie!

— Oui... Mais c'est un gâteau hyper
dégueu!

Maman a souri.

— C'est l'avantage, avec les gâteaux aux
fruits, Junie B... m'a-t-elle expliqué. On n'est
pas obligé de les manger, parce qu'ils ne se
gâtent jamais!

— Et on peut les garder pendant des
années! a ajouté papa. Puis, quand on les a
assez vus, on met un beau ruban autour et
on les offre à Noël à quelqu'un qu'on déteste
vraiment!

Maman et papa se sont mis à beaucoup,
beaucoup rire. Mais, moi, je n'ai pas compris
la blague.

Bientôt, papa a stationné l'auto devant la
maison.

J'ai apporté mon gâteau aux fruits dans la maison.

Sauf que là, il a commencé à me glisser des bras. Alors je l'ai lâché sur une chaise de cuisine.

Et je suis montée dessus.

— Eh! Regardez comme je suis grande! Juste de la bonne hauteur pour la table! Et le gâteau ne me fait même pas mal aux fesses!

J'ai eu un sourire très content.

— C'est le gâteau le plus utile que j'ai jamais eu!

Ensuite, papa l'a porté dans ma chambre.

Il l'a posé sur mon étagère.

Après, papa et maman m'ont mise au lit.

J'ai attendu de ne plus entendre leurs pas.

Alors, j'ai pris ma lampe de poche sous mon oreiller. Et j'ai éclairé mon gâteau aux fruits.

Le papier *luminum* brillait. C'était la chose la plus belle que j'avais jamais vue!

J'ai souri encore un peu dans le noir.

Parce que je suis très chanceuse d'avoir gagné quelque chose de spécial comme ça!

Et puis, aussi, je n'oublie pas de *précier* mon peigne...